이제
다리를 놓을
시간

고성기

1950년 제주도 서부 한림에서 태어났다. 제주일고와 제주대학교 국문학과를 졸업하고 1974년부터 제주여자학원에서 국어교사를 거쳐 2013년 제주여고 교장으로 정년퇴임했다.
1987년 우리 전통시 시조로 문단에 나와 시집『섬을 떠나야 섬이 보입니다』『가슴에 닿으면 현악기로 떠는 바다』『시인의 얼굴』『섬에 있어도 섬이 보입니다』산문집『내 마음의 연못』을 출간했다. '제주문인협회', '제주시조시인협회' 회장을 역임했고, 현재 '한수풀문학회' 회장을 맡고 있으며 '운앤율' 동인으로 활동하고 있다.
2000년 동백예술문화상, 2011년 제주특별자치도 예술인상을 받았다.
e-mail sungda-1@hanmail.net

이제 다리를 놓을 시간

2022년 10월 25일 초판 1쇄 발행

지은이   고성기
펴낸이   김영훈
편집   김지희
디자인   나무늘보, 이은아, 김지영
펴낸곳   한그루
            제주특별자치도 제주시 복지로1길 21
            전화 064-723-7580   전송 064-753-7580
            전자우편 onetreebook@daum.net 누리방 onetreebook.com

ISBN 979-11-6867-048-8 (03810)

이 책은 제주특별자치도와 제주문화예술재단의 2022년도
문화예술지원사업 후원을 받아 발간되었습니다.

값 10,000원

이제
다리를 놓을
시간

한그루
시선

고성기
시집

한그루

첫 시집
『섬을 떠나야 섬이 보입니다』

둘째 시집
『가슴에 닿으면 현악기로 떠는 바다』

넷째 시집
『섬에 있어도 섬이 보입니다』를 통해

섬을 노래했고
'우린 모두 섬이었구나'를 알았다

고독과 단절의 섬으로
그냥 있어야 할 것인가?

아니다
이제
그 섬과
이 섬을 잇는
다리를 놓을 시간이다

이 시집은 징검다리를 놓는 디딤돌에 불과하다.

차례

제1부

나에게
섬은

섬 그리기

오늘도 섬 그리기
바다부터 그립니다
분명 섬을 그렸는데
어머니 얼굴입니다
파도는
어머니 주름살
펴질 날이 없습니다

분명 바다를 그렸는데
어머니 가슴입니다
무자년 울음 자국이
멍울 되어 섬입니다
섬사람
섬 그리기는
온통 퍼런색입니다

나에게 섬은

섬에서 태어났다
곁에는 파도와 바람
단절의 끝에 서면
바다는 양수였다
내 꿈이
헤엄치며 노는
유년의 놀이터였다

나를 낳고 키웠으니
섬은 어머니 탯줄
삼칠일도 지나기 전
바다로 달려간 당신
부풀어
터질 듯한 젖
울며 물린 어머닌 섬

섬사람 섬에 살아도

산을 향해 앉으면 발아래 파도 소리
바다를 향해 서면 쌓이는 산새 소리
섬사람
섬에 살아도
섬 하나 묻고 삽니다

삼십 년 기다리다 섬이 되어 앉은 사람
원혼굿 파도에 씻겨 동백으로 지는 갯가
섬사람
바다 한복판
등불 들고 삽니다

섬에 사는 것은

섬에 사는 것은
바다를 보는 것이다
바다를 보는 것은
외로움에 갇힌 것이다
외로움
그리움 되면
문득 섬이 되는 것이다

외롭다와 그립다를
꼭 나누고 싶다면
내가 섬인지
섬이 나인지
나누어 봐야 한다
나누지
못하는 날은
이미 하나인 것이다

섬을 떠나야 섬이 보입니다

1

가파도를 보러 갔다가
마라도만 보고 왔다

종로 한복판에서도
일렁이는
모슬포 바다

나 또한
작은 섬임을
나를 버려야 알았다

2

너와 마주 앉으면
맑은 눈만 보인다

돌아서
혼자 걸으면
숨소리까지 들린다

너 또한
작은 섬임을
네가 떠나야 알았다

섬을 떠난 사람들은

섬을 떠난 사람들은
파도 소리에도
옷이 젖는다

일상의 먼지를 털고
저물어가는 창을 열면

집어등集魚燈
타는 불빛을
쫓아가는 멸치떼

섬에 있어도 섬이 보입니다

섬에 있어도
눈 감으면
이리 환히 보이는 걸
내 젊은 날 왜 그렇게
떠나야만 보였을까
이맘쯤
사려니 숲엔
복수초 노랗겠다

눈 밝혀 보려 하니
섬은 떠나야 보이는가
푸른 파도 앞에서도
이게 섬인 걸 몰랐었다
이만쯤
한림 앞바다
자리 팔짝 뛰겠구나

교래 숲 가운데 서도
숲과 나무 다 보이는 걸
나무만 보고 있다고
어리석다 하잖아요
눈 감고
새소리 들으면
영실 단풍이 활활 타네요

정류헌에 노루 왔으니
산록도로 눈 쌓였겠다
새소리 외로우면
그토록 혼자 울면
와락 와
안기는 섬들
우린 모두 섬이었구나

파도

부서질 줄 아는 사람

외로운 섬

파도 됩니다

바다, 그 아무리 넓어도

발끝까지 어루만져

그리움

보석처럼 빛나

별로 뜨는

섬 하나

섬 둘

포구浦口

1

빈 배 머문 포구에는
노을 베고 누운 하루
사공이 남긴 외길
밀물이 먹어들면
개펄에
닻 부려놓고
섬을 향해 눈 감는 배

2

비바리 갈옷 적삼
뉘 볼라 설익은 속살
등에 밴 소금길랑
그냥 지고 가더라도
남겨둔
유자 꽃망울
밤새 살멋 피었다

3

배 떠난 삶의 둘레
마파람만 서성이고
솔잎에 찔린 낮달
시름시름 앓던 그날도
섬 기슭
어욱밭에는
들꿩 알을 품는다

성산 일출봉

섬에서 태어나서
섬이어야 하는 운명의 고리
이제는 끊어야지
돌아보지도 말아야지
박차고 하늘로 솟는
발부리를 잡았다

그래, 섬이 아니다
웅장한 바위산이다
붙잡은 가녀린 손
차마 떨치지 못해
쌓이고 맺힌 응어리
토해내는 붉은 해

파도에 씻겨가는
전설이 차라리 곱다
참아서 패인 가슴
베풀어 다 채우고
한 가닥 미련까지 버려

절로 높은 일출봉

성산포 솟는 해는
누가 보아도 하나인데
버거운 삶 지고 오른
간절한 소망들이
하나씩 나누어 갖고
덩그러니 남은 하나

범섬

1

산이 섬을 낳고
섬이 산을 낳아
전설도 가라앉은
서귀포 앞바다에
은장도
퍼런 날 세워
정절을 지킨 벼랑

2

엎드린 등성이에
들꽃은 피고 지고
마파람 머물다 간
일렁이는 억새숲엔
도요새
물고 온 귤향
수묵화로 번진다

3

언어란 사치스런
변명의 조각임을
다 알고 입다문 채
시간마저 삼켰다가
안개 낀
새벽에 깨어
울부짖는 섬이여

무인도

산이 절로 높아야
물이 멀리 흐르듯
침묵이 오랠수록
자비는 깊어지는가
파도에
제 살을 깎아
좌선하는 수도승

사람이 모여 살까
샘물 하나 없이 하고
인간의 언어 따윈
아예 모른 바닷새를
무언의
긴 설법으로
날게 하고 잠들게 하고

언어가 없는 곳에
그리움이 어찌 있으랴
바위틈 갯메꽃은

보는 이 없이 피었다 지고
고독은
타고난 죄업
인간만의 굴레인걸

온 곳도 갈 곳도 모르는
나는 또한 무엇인가
마음밭 갈지 않아
들꽃 아나 피우지 못한
둥둥 떠
뿌리조차 없이
흘러가는 섬이네

다려도

1

섬도 물도 아니어서
여라고 하는 걸까
바람에 지워질 듯
여덟 개 점으로 찍혀
태공들
무념無念의 낚시를
물고 아니 놓는 섬

2

보고도 가지 못하는
눈앞의 북촌마을
파도를 베고 누우면
둥둥 떠 밀려나 갈까
달려도
다시 달려도
제자리인 다려도

3

뿌리 굵은 후박나무
바위도 삭힌 돌밭
갯메꽃 질긴 삶은
짠물에도 붉게 피고
도요새
비운 둥지엔
체온 아직 따습다

내 마음의 바다

다가가 밀물이거나
돌아서 썰물일 때도

항상 그 깊이
그 높이로 노래했거늘

그대를
가슴에 넣으면
현악기로 떠는 바다

파도야 네가 언제
내 가슴을 친다 했나

모랫벌 깊이 묻은
상처까지 붉게 덧나

하루를
부둥켜안고
타악기로 우는 바다

갯마을

1

바닷가 사람들은
짠물에도 정이 든다
대바늘 그물코 꿰어
만선滿船 꿈 둘러메면
갈치떼
은빛 비늘에
벌써 해는 타고 있다

2

그늘만 딛고 살아온
아낙마저 콩밭에 가고
부려 둔 가난에도
볕이 드는 칠월인데
울밑에
정적을 묻고
호박순만 자란다

3

초가집 마당에도
돗자리 깔고 앉으면
두어 폭 갯바람은
부챗살에 묻어나고
자리회
살진 국물엔
된장맛이 익고 있다

귀덕 포구

한 해가 저물어도
돌아갈 곳 없는 사람은
주저 말고 귀덕 포구*
돌담 위에 서 보아라
천상병**
하늘로 가듯
바다로 가 보아라

밀물이면 바다인
작은 여를 바라보며
모든 걸 안아주고
어떻게 감싸는지
작은 배
안고 잠재운
방파제 되어 보라

*제주시 한림읍 귀덕리의 작은 포구
**돌아가신 천상병 시인의 '귀천(歸天)'을 생각하며

36

제2부

다리를
놓을
시간

우리가 섬이라면

우리가 섬이라면
그리워만 할 것인가
너와 나
섬이라면
바라보기만 할 것인가
난 오늘
징검다리 시
하나씩
쓰고 있다

이 시가
파도를 타고
파도가 시가 되어
쌓이고 또 쌓으면
어느 날 다리가 될까
부르다
하루가 지면
울컥 토하는
핏빛
놀

인연

나는 섬
홀로 있듯
너도 섬
멀리 있었다
노인은 실끈을 묶어
우리라는 다리를 놓다
당기다
끊다
다시 당겨
드디어 만난
당신

시공

시 공부를 줄여서
'시공'이라 하자 했다
수필가 세 사람이
시를 공부하겠단다
그렇담
시와 수필 사이
다리 하나 놓겠구나

다시 생각하니
시간 공간 줄인 말
언제 어느 때나
지금처럼 만나자며
수필은
시로 여물고
시는 수필로 익고

그날은 언제

어려움 보면서도
아픔을 늘 들어도
하늘과 땅보다
어쩌면 더 먼
거리
머리와 가슴 사이는
어떤 다리 놓아야 할까

그 다리를 매일 건너
가슴이 뛰면 뭐 해
두 손까지 가는
거리
두 발로 뛰는
거리
그곳에
다리를 놓아
다가설 날은 언제

콩 세 알

아침 식탁 두부찌개
참 먹음직스럽구나
그 연하고 고소한 맛
꿀꺽 삼켜 넘기는데
콩 세 알
내 목에 걸려
할머니 말 생각난다

1/3이 우리꺼여
늘 갈랑 먹어산다
새도 한 알 주서먹곡
땅에 것도 한 알 먹고
남은 거
우리 먹어도
영 넉넉이 살아점세

내 사랑 한림항

내 사랑 한림항은
물빛보다 추억이 더 파랗다

조개 잡던 순이順伊 보조개 물들면 다 잠기고
고깃배 두서너 척 꿈을 가득 싣고 떠나면…… 곧
실어증失語症의 바다
비양도 등대는 깨어 별이 되어 날고
물나면 낚시 드리워 시어詩語 두어 개 낚아 올렸다

나이는
방파제로 누워
흰 파도만 삼키는가

44

비양도

거센 파도 앞에서
흔들리는
한림 사람
누구나 바람 불면
비양도에 닻을 내린다
그리움
비바람 치면
어느 섬이 먼저 젖는지

회춘

여름 태풍 몰아치고
잎 지고 열매 떨어져
늦은 시월 새순 나더니
하얀 배꽃 피었구나
아무나
봄 맞는 거 아냐
열매도 없으면서

마음이야 가을에도
활짝 핀 배꽃이지만
때를 알아
뚝 떨어진
붉은 홍시 더 곱구나
내 뜰엔
자연이라는
선생님 앉아 있다

편지

눈 푸른 가을 오후
하늘보다 시린 편지를 받다

이제 서른이라 했다
선생님 앞에선 아직도 열일곱이어서 수줍다 했다
까까머리 중학생 앞에서 옛날을 생각하며 알퐁스 도데
를…
스테파네트의 순수를 가르치다 눈물을 글썽인다 했다
선생님이 목동이었음 그런 꿈도 꾸었단다
애기 엄마 그 스테파네트는 이제 창 밖의 벚나무 잎처럼
진다고 했다

시간을
되돌린 오늘
외려 내가 단풍이었다

나누기

맨 처음 어느 누가
나누기를 알았을까
섬과 섬
남자와 여자
가난과 부자까지
그래서
벌어진 틈에
퍼렇게 싹튼 갈등

뺄셈보다 덧셈으로
깁고 기워도 모자란 삶
정치가 찢은 자리
누가 두 손 맞잡을까
낮추면
보이는 다리
무지개가 뜰 때까지

낙타의 눈물

몽골 초원 낙타들은
제 새끼만 젖 물린다
마두금 가는 울림
애절한 주인 노래
눈물을
줄줄 쏟으며
남의 새끼
젖 먹인다

소리가 소리를 만나
기적을 만들었다
모든 공연 취소하고
소녀 병상 찾아가
마지막
소원 들어준
어느 가수의
바람의 노래

며느리밑씻개

7월이면 흔한 꽃
연보랏빛 독한 가시
며느리
오죽 미우면
이걸로
닦으랄까
난 오늘
분꽃을 심어
곱게 화장시켜야지

설 자리

어머니 가신 길을
딸이 다시 밟고 간다
아버지 하시던 일
아들이 이어 간다
딸 아들
사람이라 바꾸면
그 어디나
성평등

사람 사는 곳이면
개도 닭도 함께 산다
소나무 울창한 숲
잣나무도 곧게 큰다
설 자리
그 하나만 알아도
없어질 말
성평등

어떤 기적

마음이 아픈 날엔
더 아픈 사람 찾아가라

그 눈물 닦다 보면
하늘까지 맑아지고

구름은
출렁다리 되어
이어줄걸
두 사람

우체통

비자림로 1322
전입 신고 마쳤다
빨간 우체통
보란 듯이 내다 걸고
열흘간
매일 또 봐도
엽서 한 장도 없다

수도세 전기세도
하물며
교통범칙금도
그렇담 재산세까지
한꺼번에 오려나 봐
파랗게
그리운 사람
내가 찾아
먼저 쓰자

재회

범벅진 긴 실타래
처음과 끝만 잡고
십 년이 누운 탁자 위
마주 앉은 찻잔 두 개
당기다 끌다 또 놓으면
가까운 듯 더 먼 사람

사랑은 초침 돌 듯
미움 또한 물 흐르듯
다갈색 찻잔 가득
앙금으로 식은 언어
헹궈내
두 손에 들면
은비늘로 솟는 그리움

추억은

세월이 흘러가도
세월호는 남아 있다
팽목항 기억의 집
옷깃 여며 합장하다
기억은
사건을 품어
역사를 만들었다

중학교 1학년 땐가
참 예쁜 애
한 마을에
밤새워
편지를 쓰고
몇 번을 찢었던가
추억은
함께를 안아
그리움을 낳았다

텃밭에서

뒤돌아서면 훌쩍 자란
참 성가신 잡초란 놈
앉아서 잡초 뽑는 일
십 분도 못 하겠다
삽질은
서서 하는 일
힘들어도 곧잘 한다

아내는 잡초 뽑는 일
허리 한번 안 편다
한 시간 삽질하고도
여유롭게 웃는다
인사는
서로 똑같이
오늘 참 수고했어요

합장하는 솔

선운사 도솔암엔
소나무도 합장을 한다

마애불 바라보며
바위에 뿌리내려

목마름
그 또한 고행이니
참으리라
백여덟 번

해장술

해 뜨기 전
두어 시간
땀 흘리는 값진 하루
막걸리 한 사발에
인생도
맛이 든다
하루가
이렇게 간다
시름도
요리 녹는다

사성암 가는 길

왜 이리 가파른가
사성암 가는 길은
숨 가쁘면 하나씩
내려놓으라
내려놓으라
깨달아
절로 합장해도
마주 선 삶의 절벽

유리광전 댓돌에는
기도들이 가지런하다
원효대사 손톱으로 새긴
미륵불 앞에 서면
섬진강
굽이굽이로
화엄경이 흐른다

제3부 ____

누구를
닮아야
할까

얼굴

예수님께
손 모음은
용서의 인간 고뇌를
부처님께
합장함은
그 미소 닮고 싶어
내 손자
작은 바위 얼굴
종일 보면
맑아질까

꽃

아픔 딛고 할짝 핀
꽃
바라봄은 채우는 것

지는 꽃
아쉬움은
깨끗이 나를 비움

이 가을
욕심 내려놓을
자리 하나 없구나

막대기 하나

아홉 살 손자놈이
칼싸움을 걸어왔다
장군의 칼이라며
삭은 막대기 휘두른다
할버진
악당일밖에
몇 번 지는지 모르겠다

그 막대기 서울까지
엄마는 난색이다
우는 사람 이기는 거
누구에게 배웠는지
쩔쩔맨
엄마 큰 가방
그래도 삐죽 나왔다

삭은 막대기 하나도
장군의 칼이 된다
그 칼이 악당을 보면

퍼렇게 날이 선다

이놈아

뭐 하고 있나

여의도로 달려가라

오월 앞에 서면

반짝이는 감잎처럼
새로울 것도 없고
유자 꽃
그 깊이로
노래도 부르지 못한
올해도
오월 앞에 서면
시인인 게 부끄럽다

짝 찾는 뻐꾸기처럼
간절함도 모자라고
마실수록 넉넉한
훈훈한 바람 앞에
구렁이
담 넘어가듯
대충 쓴 시 부끄럽다

그래도 가슴은 뛴다
참다 터진 작약처럼

때죽나무 꽃 진 자리

향기 아직 남아 있다

서툰 게

외려 울림이듯

범종 같은 시 쓰고 싶다

꽃차와 설렁탕

감꽃
뚝
뚝
지는 날
국화차를 마신다.
지난 가을 짙은 사연 뜨겁게 우려내면
보랏빛
향기를 담은
시린 삶이 녹아 있다

내 영혼 푹 고으면
어떤 맛 우러날까
짙을까
어떤 향일까
누구나 국물은 있지
잘 익은
깍두기 같은
시어詩語 하나 씹고 싶다

흘러가는 황소처럼

'장미'*의 가시에 찔려
걷지 못한 소가 있다
합천에서 밀양까지
폭풍우 속 그 먼 길을
묵묵히
무소의 뿔처럼
다 비우고 홀로 갔다

느려도 뚜벅뚜벅
앞으로만 가는 품성
동자승 맑은 눈으로
다다른 피안에서
시퍼런
순명順命이란 풀
질근질근 씹고 있었다

거슨새미** 둘레길에서
다시 순명을 생각한다
합장하고 낮추어도
누구에게나 홍수는 온다
못 배운
저 소를 닮아
둥둥 떠 흘러가라

*2020.08.12. 5호 태풍
**구좌읍 송당리에 있는 나지막한 오름. 바다를 향하지 않고 산으로 거슬러 흐르는 샘이 있다.

수박 껍질

다 비운
수박 껍질
단맛은 가셨어도

싹뚝 썰어
간에 삭히면
사각사각 씹히는 맛

입 안에
군침이 도는
깍두기로
익고 싶다

세뱃돈

대둔산 태고사엔
석문보다 더 큰 문 있다
말없이
웃고만 있어도
천 길보다 깊은 설법
스님*은 해탈의 길을 봉투에 담고 있다

삼천 원 세뱃돈에
가득 담긴 무한 자비
그 사랑 앞이라면
백팔 배 마다 않으리
백 갑절
더 모은 날엔
무언의 보은 보시

*태고사 주지 정안 스님

73

꽃은

담장 곁에 접시꽃

그 아래 핀 맨드라미

엎드린 채송화

그래도

활짝 웃는다

꽃 옆에

꽃이 피어야

눈길 닿는 꽃밭이지

용문사 은행나무

아무리 화려해도

속리산 정이품송 가슴 펴 푸르러도

혼자선

숲이 안 되지

보호수로

남을 뿐

삼나무 숲

홀로 선
삼나무 고목
아직은 본 적 없다
좁은 땅 뿌리 내려도
웃으며 함께 산다
언제나
이웃을 닮아
곧다
그리고 크다

저녁 바다

저무는 노을빛이
그토록 고운 것은

가야 할 때를 알아
돌아섬이 아니런가

하루를
다 들여 놓고
문도 닫지 않는 바다

창문까지 닫아 걸고
숨길 게 많은 사람들

돌아선 뒷모습에
노을이나 앉아줄까

섬동백

떨어져 더 붉은 뜻

짐작이나 할까, 못 할까

어떤 소감

화려한 조명보다
더 빛난 소감 한마디
아카데미 여우조연상
수줍게 받고 나선
대본이
성경이라는
윤여정의 영화 인생

최고보다 최중最中이
내 삶의 목표라고
사전에 없는 말이 이토록 감동일까
시조도
이처럼 쓰면
비움의 실천인걸

어딘가 있을 거야

클로버 흰 꽃 보면
반지가 생각나는
배꽃 같은 순이
그냥 웃고 있을 거야
꽃 지고
눈 쏟아져도
어딘가 있을 거야

오일장 뻥튀기 앞
귀 막고 서 있었던
삼동 따먹고 까만 나를
깔깔대며 웃던 철이
강냉이
터져 없어도
어딘가 있을 거야

찾아보면 있을걸
어른은
아이 자란 것
버들피리 꺾어 불며
함께 노래하겠지
어딘가
해맑은 동심
채송화처럼 필 거야

어느 슬픈 이야기

일곱 살 손자 녀석
오늘따라 시무룩하다
웬일이니?
품에 안는
포근한 할미에게
오늘은
슬픈 일 있어요
할머니가 2등이어요

엄마가 1등인 걸
이제야 깨달았나
그래도 미안했던지
베개 들고 곁에 와서
귓속말
이 세상 할머니 중
우리 할머니 1등이야

새빨간 거짓말

할아버지!
참 이상해
거짓말은 왜 빨개요?
들찔래 가시 같은
외손자 맑은
질문
거짓말
그보다 붉은
대답 못 한
내 얼굴

몇 달간 생각해도
풀지 못한
거짓말
붉은 적赤
속에 숨은
온전하단 뜻을 찾곤
오호라
잘 꾸민 거짓
그래서 새빨갛구나

다시 오리 선암사

승선교 아래 서서
강선루 바라보면
물 아래 비친 모습
바로 내가 신선일까
뒤에 선
미인 그림자
속인되고 말아라

대웅전
굽은 솔 밑
해우소에 걸린 근심
정호승* 통곡하다
뭘 깨닫고 시를 썼나
나 또한
참다 울음 터지면
다시 오리 선암사

*선암사 해우소에는 정호승 시인의 시 '선암사'가 걸려 있다.

제4부

비울 게
남은
새까만 가슴

제주 돌담

어머니 가슴입니다
구멍 숭숭 뚫렸습니다
아버지 미친 바람
수없이 드나들고
자식들
손 모은 바람도
숨어 쉬는 그늘입니다

무자년 노란 봄엔
총알이 지나갔고
보리 익을 무렵엔
태풍도 보냈습니다
비워도
비울 게 남은
새까만 가슴입니다

4월 동백꽃

무자년 이전에도 동백은 곱게 피었다
산에도
해변가에도
그냥 좋아 피고 졌다

총소리
가슴이 찢겨
떨어졌을 뿐인데

먼 훗날 사람들이
억울한 죽음이라고 피로 물든 산하라고
가슴에 달고 다녔다

동백은
4월이 무거워
뚝
뚝
떨어진 것뿐인데

제주 바다

제주도 앞바다는
겨울에도 식지 않는다

활화산 터트리고도
토할 게 아직 남아

퍼렇게
참은 언어들
벌써 움이 트고 있다

4월, 신엄 바닷가

신엄 바닷가, 4월엔
신음소리 가득하다

총 맞은
표적지처럼
뻥 뚫린
까만 돌들이

이제는
쉬고 싶다 잊고 싶다

파도는
가슴만 치고

어머님 기일

옷깃 삼가 여미고
영정 앞 고개 숙이면
왜 이리 잘한 게 없나
아무리 생각해도
어머니
부르고 나니
난 이미 죄인입니다

잔 올리고 재배하니
어머닌 눈물입니다
두 아들 등에 지고
살아 온 소설입니다
떡 과일
가득 올리니
나보고 먹으랍니다

어머님 계신 곳까지
걸어갈 수 없습니다
이승과 저승 멀어
다리 놓을 수 없습니다
향 피워
날아 올라야
품에 안긴 아들입니다

가을의 노래

이제는 돌아와

거울 앞에 선

누님

두목杜牧이 노래한

상엽홍어이월화霜葉紅於二月花

인생도

서리 맞아야

부를 수 있는

가을 노래

골다공증

두 날개가 있으면
훨훨 날 줄 알았다
뼈를 깎는 것보다
더 아픈 골수 비워야
먼 하늘
날아오름을
영정 앞에서 알았다

오리·닭 날개 있어도
하늘 보기만 하는 것은
뼛속에 기름 가득
비울 줄을 모른 게지
울엄니
골다공증은
누굴 날게 했을까

꺾꽂이

이른 봄 볕바른 날
능수매화 향에 취해
늘어진 가지
싹둑 잘라
젖은 땅에 고이 꽂다
언제면
뿌리 내릴까
기다림이 먼저 싹트다

오늘따라 어머님이
왜 웃고 서 계실까
탯줄 잘라 품에 안을 때
매화만큼 아팠을까
일 년간
출생신고 미루며
멍울로 핀 조바심

낙화

목련처럼 수줍게 피고
벚꽃처럼
하르르 지자

아무리 그리워도
미련 따위 남길 거면

차라리
붉은 동백처럼
지고 말자
뚝
뚝
뚝

낚시

설렘이 미끼라면
기다림은 밑밥
놓친 것
아무리 커도
낚인 건
늘 아쉬움

남은 건
미련뿐인데
돌아보지도 않는

그리움

내 詩는

덜 삭은 내 시는
분화구에 고인
바람

詩心은
노을처럼
바다에 숨은
파도

저 바람
바다에 닿으면
솟구치는 물보라

혼자일까

정류헌 난 혼자다
아니 늘 함께다

나 혼자 술 마시고
외롭게 밥 짓지만

감나문
소곤거리고
들꽃은
품에 안기고

우문 현답

왜 산에 오르세요?
내려오기 위해서요

꽃은 왜 필까요?
떨어지기 위해서죠

왜 사나?
우문에 현답
죽지 못해 산다

서민

잡초의 교육

눈 뜨면
번식이다
가능하면 어릴 때부터
쉬는 시간엔
위장술
귀한 것 닮아야지
마지막
비장한 수업
약 먹어도 뿌린 살기

타조駝鳥

걸어서 갈 수 있어도
섬이라면 섬인가
날지 못하고 달려도
새라면 새인가
시 닮은
시 쓰지 않아도
시인이라면 시인인가

타조 그럴듯하다
짐승인가 새인가
신안의 압해도는 차로 가도 섬인가
사전은
바보들의 책
낙타는 조류
압해도는 섬島

목련 지는 날

시간을 되돌리면
하얀
목련이었다

서른 넘을 즈음엔
요염한
그 자목련

윤정희
치매를 앓다
지는 봄이 너무
아프다

하지 오후

기다릴 사람 없는데
그리움 너무 길다

뻐꾸기 울음소리
그마저 낮게 울어

온종일
그리다 지운
얼굴
얼굴
그 얼굴

시인은

시를 쓰는 사람일까
써야 하는 사람일까
온종일
한 줄 못 쓰고
쥐어뜯는 여름 오후
소쩍새
목쉰 울음만
나 몰라라
길게 타고

소주 한 병이면

더 바랄 게 뭐 있으랴
소주 한 병 있으면

안주가 필요하랴
깍두기로 충분하다

하루가
이렇게 꽉 차
절로 지는 놀을 보며

제5부

내 삶은
문장부호

바람난 매화

젖 망울
커질 때부터
짐작은 했었다만
햇살에 낯 붉히더니
짙은 향
울담 넘었다
'그 매화
바람났구나'
고 시인의 짧은
평

문장부호

어린 시절
물음표
커가면서
느낌표
무겁구나 장년
쉼표
나이 들수록
말없음표
내 삶은
문장부호다
마침표
하나 남겨놓은

봄비·2

봄비
그냥 오는데

땅은
벌써 속살 젖다

시인은
겨울 옷

아직 벗지 못하는데

호박씨
지구를 들고

벗은 채 일어났다

수박타령

올해는
여의도 선량
수박타령 하는구나
수박이 수박 탓하니
콧구멍이
다 막힌다
이보게
겉과 속 달라도
수박만큼 달아 봐라

일출봉에서

바다가 취한 성산포
오늘은
내가 취하다

구름에 가린 해가
꿈틀꿈틀 헤매더니

아, 이런!
내 가슴 태우고
머리 위에 떴구나

모슬포 자리

내 고향
한림 앞바다
쉬자리가 맛있다
보목리 사람들은
서귀포 자리
최고란다
발길은
모슬포 항구
아, 벌써 쏘주 한 병

단골

꽃이 그리 많아도
눈길 가는 색이 있다

들꽃이 그리 짙어도
손길 가는 향이 있다

선술집
최고라지만
발길 닿는 맛이 있다

늦은 결심

만 71세 되는 아침에
딱 하나
결심했다
불같이 북받쳐도
침을 꿀꺽 삼키자

화내면
쌓은 공덕 모두
한꺼번에
날아감을

내 마음의 정원

25년을 쉬엄쉬엄
재미 삼아 나무 심다

맨 처음 심은 벚나무 후박나무 어머니 집에서 옮겨온 단풍나무 소나무 아내와 함께 씨 받아 심은 감나무 정류헌 가득 덮고 돈 될까 심은 먼나무 녹나무 외려 골칫거리 그늘 만들려 심은 등나무 꽃이 갑절 곱고 제주도의 나무 연산홍 그 빛깔에 맘 설렌다. 독보다 향이 짙은 때죽나무 그보다 때가 더 낀 드릅나무 벌레 많은 팽나무 10대 소녀 백목련 30대의 요염한 자목련 더디 깨달은 관음송 두 손 모아 합장하다 나한송. 철쭉에 기죽은 아훼나무 제일 늦둥이 대추나무 눈 뜨면 이제 모두 깨어났다. 천리향 짙은 향기 애기 능금 감싸 안아 은목서 살쪄간다. 왕대 족대 오죽까지 쭉쭉 뻗어 자리 잡고 하늘 찌른 삼나무는 바람 막아 둘러섰다 늦게 부른 박태기는 삐졌구나 비틀어지고 은은한 후피향나무 겨우 두 그루 한 쌍이다. 하얀 꽃이 고운 아그배나무 늦게 익는 무화과 아직도 열지 않는 석류 모과. 꽃 없어 잎이 고운가 홍가시나무 공자를 따라가는 비자 명자 유자

내 마음

천 평 시밭詩田엔

어떤 나무 자랄까

참 어렵다

얼큰하다와 칼칼하다를
구별 못 하는 바보 시인
먹기는 잘 먹는다
부끄럽지도 않은가 봐

아, 맵다
그까진 알겠는데
그다음은
표현 못 함

적당히

'이젠 정리하며
적당히 살아야지'
70 넘은 아침
굳게 다짐했었다
온종일
생각해봐도
'적당'을 모르겠다

일은 몇 시간 해야
휴식이 달콤한지
책은 얼마를 읽어야
가슴에 담기는지
드디어
오늘 알았다
'적당'이 무엇인지

두어 시간 땀 흘리며
감나무 전정하고
잔디밭 금창초 솎고
평상에 허리 펴면
화선지
먹물 번지듯
쉬는 맛 익어간다

49년생

49년생 누구는
국무총리 한다는데

나는 대체 무엇일까
이름 없는 시인이다

꽃무릇
화려함에 취해
비틀비틀
와 이리 좋노

거슨새미 둘레길

1.

비자나무 숲 지나
삼나무 그늘에 서다

호젓함
이 또한 좋아
혼자 웃다 또
웃다

난 들꿩
도토리 줍다

햇살 꽉 찼다

2.

거슨새미 둘레길에

애인 하나 생겼다
꼭 껴안고 입 맞추면
향기 어찌 그윽한지
한 아름
비자나무가
늘 그 자리 지켜 섰다

3.

굼부리 절반 돌아
거슨새미 정상이다
안돌 밖돌 체오름까지
손 뻗으면 와 닿을 듯
옹달샘
맑은 전설은
왜 거슬러 흐르는가

기상 캐스터

비 오거나
햇빛 나거나
아무 일 없으면서
방송사 일기 예보
꼬박꼬박 쳐다본다
태풍에
날아갈 몸으로
바람을 끌어 온다

얼굴을 보는 건지
옷맵시를 흘기는지
화들짝 깨어나
제자리로 돌아와선
멍하니
아내에게 묻다
내일 비 온다니?

길은 아프다

도시의 길은 아프다
직선은 군더더기
상·하수도 통신선
가스관 곁에 전선까지
대수술
다시 파헤쳐
실핏줄 또 터진다

시골길 휘어져도
정겹다 속살까지
가로수 없는 길엔
전신주 외려 정겹다
늦어도
돌아서 가는
종점까지 늦게 가는

오죽하면

뜻대로 안 되는 세상
외려 그걸 즐기나 보다
네 실수가
내 즐거움
픽 웃으며 고소해하는
돈 주며
야구장 간다
안 되는 걸 보는 재미

골육종

난생 처음 듣는 병명이라 검색창을 열었을 때

(정확히 10월 14일 문태준 시인 시 토크가 있던 날 아침)

왈칵 울음이 쏟아졌다.

이 세상에서 내가 가장 사랑하는 우리 여민이(11살)의 뼛속에 암세포가 자라고 있었다니

그 아픈 항암 치료를 어찌 받을까 생각하니 앞이 캄캄했다.

여민이는 마른 막대기 하나도 날카로운 칼을 만들어 악당을 물리치는 신비한 힘을 갖고 있었고(졸시 '막대기 하나에도')

내가 마음이 흐려질 때 바라보는 작은 바위 얼굴(졸시 '얼굴')이었는데….

정류헌情流軒은 혼자 울기 좋은 곳이다.

한참 울다 생각하니 지금까지 이렇게 울어본 적이 있었던가.

우리 여민이보다 더 아픈 사람이 많았을 텐데 갑자기 부끄러웠다.

다섯 번째 시집을 마무리하고 내 노트북 바탕화면에 새 폴더를 만들고 폴더 이름을 '제6 시집'이라 명하고 바로 다음 시집을 준비하기로 했다. '누구를 위해 울 것인가'가 화두가 될 듯하다.

이제 다리를 놓을 시간
그 다리는 '만남과 배려'
그가 나에게 와서 만나기도 하고
내가 그에게 뛰어가 만나기도 한다.
나와 대상과의 거리를 좁히고 연결하는 다리가
이제는 '눈물'이어야 함을 뼈저리게 느꼈다.

나의 눈물이 시가 되어
어느 한 사람에게라도 다가가
다리가 되는 작은 기적을 기다린다.

모름지기 시인은

이름 모르는 들꽃에게 다가가 그 향기 속에 숨어 하나가 되는

그런 신비를 느낄 수 있어야 한다.

내가 들꽃인지

들꽃이 나인지

몰라도 그냥 좋다!

이 시집을 씩씩하게 항암 치료를 받을 여민의 가슴에 놓을 것이다.